KB197560

가비열전2

가비열전 2

초판인쇄 2024년 11월 25일
초판발행 2024년 11월 25일

지은이 신태용
펴낸이 이해경
펴낸곳 (주)문화앤피플뉴스
등록번호 제2024-000036호
주소 서울 중구 충무로2길 16, 4층 403호 (충무로4가, 동영빌딩)
대표전화 02)3295-3335
팩스 02)3295-3336
이메일 cnpnews@naver.com
홈페이지 cnpnews.co.kr
편집 디자인 황휘연

정 가 10,000원
ISBN 979-11-989877-1-6(03810)

〈2024년 한국예술복지재단 지원사업〉으로 제작하였습니다.

시인의 다섯 번째 커피이야기

커피열전 2

신태용

문화앤피플

매일 아침 커피를 마시는 순간, 하루의 기분이 결정된다. 맛과 향이 풍부한 훌륭한 커피를 마시게 되면 정신을 맑게 해 주고 기분을 달래준다. 하지만 밍밍한 커피, 쓴 커피를 마시는 날에는 하루종일 우울하다. 세계 수많은 사람이 아침에 커피를 마신다. 하루일과 시작을 커피와 함께하는 것이다.

오늘도 기분 좋은 하루를 위해 정성껏 여과지를 접고는 무엇을 마실까 고민하게 된다. 그리고 손에 들려진 커피를 분쇄해 핸드드립을 하기 시작한다. 15그램의 커피에다 물을 붓기 시작 2분 20초에 마무리 서버에 담긴 커피 향부터 확인한다. 그리고 한 모금 커피를 입에 머물고는 세상을 다 가진 듯 웃음을 짓는다.

이 맛있는 커피를 사람들은 왜 모를까?

　인류가 커피를 마시기 시작하면서 끝없는 논쟁 가운데 서 있었다.
　그러나 커피를 마시는 휴식 시간이 커피를 마시는 시작이 되었다. 이처럼 커피는 일상생활에서 늘 함께 해왔다. 이 책에는 가비열전 1집에서 다루지 않은 시작 노트로서 간단하지만 가볍지 않은 글을 담으려 노력하였다. 완성된 글도 있지만 대부분이 시를 찾기 전 글들이다.
커피 특유의 감미로운 향기에 취해, 커피 같은 사람이 되고 싶어, 또 한 걸음을 놓는다.

시와 열매에서
바리스타 신태용

커피 첫걸음

커피이야기

카페 문열기

천태만상

삶이 커피처럼

커피 기초석 놓기

무엇이든 담을 수 있는 그릇

넌 무엇에 쓰는 물건인고

커피, 목구녕을 타고

카페먹거리

커피 첫걸음

커피이야기

커피 이야기 1

비가 오는 날
따뜻한 커피가 당긴다
왜일까?

-왜일까?

커피 이야기 2

커피 한 잔 들고
'건강 합시다' 외친다.
맞는 말일까?

-건강 합시다

커피 이야기 3

친한 벗과 입씨름 중
'자, 커피 한 잔 시원하게 마시고
기분 좋게 일어서자'
화가 나 있는데 가능할까?

-기분 좋게

커피 이야기 4

쓴 커피 한 모금
'오늘 커피가 달다 달어'
허풍을 떤다.

속마음
더 쓴맛이라서
일지 몰라.

-몰라

커피 이야기 5

커피 한 잔 놓고 이야기가 길어진다.
싸늘하게 식어버린 커피
오고 가는 대화도 풀리지 않아
커피 앞에서 눈싸움이 지속된다.
주눅 든 커피 제맛과 향기를 잊어버렸다.

- 맛과 향기

커피 이야기 6

두 연인
커피 한 모금에 웃음이 떠나지 않고
커피 두 모금에 자연스레 스킨십
세 모금 커피에!!!
'이봐요' 여기 공공장소예요
내게도 이런 사람이 옆에 있기를…

- 이봐요

커피 이야기 7

커피 한 잔을 시켰다.
그리고 종이컵 하나를 부탁한다.
'배가 불러서 한 잔을 다 마실 수 없다' 하신다.

두 사람은 좋아서 하하 호호
난
'그만들 하시고 자리 좀 비워 줘라' 한다.
속으로…

-그만들 하시고

커피 이야기 8

노신사 따듯한 커피 연하게 부탁한다.
노신사 정중하게 달달하게 부탁한다.
노신사 역시 커피는 달달해야 맛있다.

한 모금 마시고 한 모금 흘리고
한 모금 마시고 한 모금 흘리고
어린 병아리처럼 반을 마시고 반은 흘린다.

아이고 어찌해
어떻게 하지 하며
나도 멀지 않아서 저렇게 되겠지

-노신사

커피 이야기 9

젊은 남녀가 문을 열고 들어오며 자기야 뭐 먹을까?
'입~~~술'
확 때려주고 싶다.

부럽다 부러워
온몸이 불이 붙었는지
그 둘은 아아*를 시켰다.
(아아 : 아이스 아메리카노)

-뭐 먹을까

커피 이야기 10

남자 둘에 여자 하나 입장이요
돈에 대한 이야기들이 오고 간다.

세상에 있는 돈이 자기 것 인양
주었다가 빼앗기를 여러 차례
별 소득 없이 자리를 일어난다.

나는 주머니에 있는 돈을 쓰담 쓰담
그래 이것이 내 것이지 한다.

-돈돈돈

커피 이야기 11

백발에 노신사
귀가 어둡다
눈도 어둡다
말도 어둔하다

눈에서 눈물이 흐르고
입에서는 침이 흐른다
고개는 자꾸 옆으로 눕는다
그러나 멋있다.

지식이 많다.
경험이 많다.
물질도 많다.
자녀도 많다.
걱정이 없다.

그러나
난 걱정이 많다.

-걱정이 많다

22 가비열전2

커피 이야기 12

멋진 아주머니가 들어와서 하는 말
'난 커피를 못 해요.
그냥 아포카토 주세요.'

무슨 말이지
귀를 의심한다.

'아포카토 맞으세요?'

'커피는 못 마시는까
그냥 주세요'

커피 지식이 풍성해지길 바라며
'주문하신 아포카토 나왔습니다.'
아무 말이 없다.
뭐~~~지

-그냥 주세요

커피 이야기 13

창밖에 비가 내린다.
쉼 없이 유리창에 글씨를 써 내려간다.
무슨 의미인지 모르고 보고 또 본다.

몸이 무겁다.
어깨가 아프고
졸음이 쏟아진다.

빈 의자에 누워본다.
잠은 오지 않는다.
눈앞에는 커피가 왔다 갔다.
유혹한다.
오늘은 이기리라.

-유혹한다 커피가

커피 이야기 14

오직 주님 앞에 나아갑니다.
깊은 시름에 고백합니다.

크고 놀라운 사랑으로
고치시고 치료하여 주세요.

독백이 이어져 간다.
비 오는 날이면 늘 있는 일이다.

-아프다 넌

커피 이야기 15

멋쟁이 여인이 커피에 대하여 알고 싶고, 배우기를 원한다. 커피에 대한 여러 가지 썰을 풀어 놓는다. 커피에 대해 많은 식견이 있어 보인다. 오랜 시간 이야기를 듣고 있다가 '에소프레소 한 잔 주세요.' '네 알았습니다. 저희는 도피오로 제공합니다. 괜찮으시죠? '하니 눈이 커진다. 잠시 후 다른 주제로 슬그머니 돌아선다. 커피에 대하여 자랑하다 밑천이 다 한계로군, 나도 조심 해야겠는걸, 교훈을 얻게 되었다.

-썰을 풀다

커피 이야기 16

온몸이 검게 물들었다.
속까지도 검게 타들어 간 당신
당신 곁에 있는 게 나의 행복이다.

-커피 사람

커피 이야기 17

꿀송이보다 더 달고 맛난 것을 찾는 나그네
커피를 앞에 놓고 고행을 시작한다.

인상 쓰며 마시고, 마시고 마시다 보니
배 속에서 세계 전쟁이 일어난다.

아~~누구를 위한 전쟁이란 말인가?

-누구를 위한

커피 이야기 18

잘 풀리지 않는 일
고민하고 있을 때
따르릉 따르릉
반갑다 반가워
이렇게 좋을 줄 이야!

-줄행랑

커피 이야기 19

오직 마음으로 행하고
절대 힘을 써선 안 된다.
몸과 마음이 하나가 되어
같은 맛으로 살아가라 한다.
자기처럼

-닮아가기

커피 이야기 20

제 마음을 알고 있어
더 말할 것이 없다.

입을 닫고
문도 닫고
눈앞에서 사라졌다.
속 터져 죽겠다.

이런 날에는 커피가 당긴다.
운명처럼 한 잔의 커피가 평온을 준다.

-운명처럼

커피 이야기 21

두 사람이 만났다.
서로서로 사랑한다 말한다.

그러나 피치 못해
둘이 함께하지 못한다면 어떨까

둘이 함께해야 맛이 있고
정말 향기로워 만남을 축하한다.
(블랜딩 하며)

-함께라면

커피 이야기 22

독특한 커피 문화
손님의 환영하는 의미를 담고
정성껏 조심조심 내린다.

첫째 잔은 우애
둘째 잔은 평화
셋째 잔은 축복 담아본다.

잔을 들어 우정 위하여
잔을 들어 건강을 위하여
잔은 들어 위하여 환호한다.
(커피 세레모니)

-위하여

커피 이야기 23

커피가 익어간다는 것
조직이 단단하다는 것
퀄리티가 좋아지고
맛이 좋아지고
향이 좋아지고 있는 것
점점 이별의 시간이 되었다는 것

-이별의 시간

커피 이야기 24

남자의 입맛이 다르고
여자의 입맛도 다르다.

노인에 입맛이 다르고
청년의 입맛이 다르다.

아침 일찍 커피를 앞에 놓고 맛을 이야기한다.
고소하다
구수하다
옥수수
누룽지

결론은 쓰다 써

-검은 마법의 가루

커피 이야기 25

단 커피 주세요.
순간 당황한다.

요구르트 한 입 먹으며
커피를 마신다.

무슨 맛이 날까?

-무슨 맛 날까

커피 이야기 26

커피숍 문이 열리고
아뜨 한 잔에 에소 그리고 라떼
주문과 함께 지갑을 열어 카드를 주며 결제를 한다.

주인장 왈
"오빠시네요"
오빠 카드를 잘못 주셨네요
오빠 소리에 기분은 좋아졌는데

주인장 손에는 주민증이 들려져 있다
신용카드는 지갑 구석에서 얼굴을 내민다.

벌써 내 나이가 이렇게 되었남
내 나이가 어때서

-나이가 어때서

커피 이야기 27

저희 커피는 쓴맛이 강합니다
그래서 한샷 반에 커피를 드려유
왜 그럴까? 커피에 대해서 잘 알고 있는 듯 지켜본다. 커피
추출 시간이 길다. 나오는 양도 적다. 그런데도 그냥 커피
를 손님에게 드린다. 커피에 대하여 알고 있는 것이 없는듯
하다. 커피 맛은 보장 못한다. 한 모금도 마시지 못하고 돌
아서 나왔다.

-못 마시는 커피

커피 이야기 28

비 오는 날 커피숍
창으로 보이는 실내 풍경이 참으로
운치 백배 아름답구려

커피 한잔하고 싶은 마음
생각 속에 가두어 놓고
풍경을 즐기고 있어요.

주인장은 생각도 못 하고
창에 흘러내린 비
나의 피가 흘러내린다.

-흘러내리는 비

커피 이야기 29

비 내리는 멋진 배경 고맙소
비 오는 날 커피숲에서
사랑하는 님과 함께
맛난거 왕창 시켜두고
왕수다 떨고 싶네

내 카드는 빗속에서 오돌오돌 떨고 있다

-내 카드

커피 이야기 30

태풍 소식도 있었고
비가 많이 온다는 예보도 있었고
이래저래 애태웠지만 우리의 만남은
하늘 덕에 출발 때도 비가 오지 않았다.

기쁨과 즐거움이 배가 되었다.
따뜻한 커피를 마시면서
오고 가는 정 나눔은
따뜻한 가족의 품처럼 좋았고
그를 만난 것처럼 좋았다.

나이가 들어가니 아팠던 이야기
자녀들 성장함을 자랑하며
주머니가 가벼워지고 있음이
앞으로의 일 같아 귀담아 들어본다.

-가벼워진 주머니

커피 이야기 31

점심을 먹고 날이 더워서 커피숍으로 커피 마시고 이야기를 하면서 보험 20년에 빚만 남았다고 돈이 없으니 매출 넣으라고 하지 말라고 먼저 이야기를 했다.

그는 월세 살이에 울상이다.

-보험

커피 이야기 32

핸드폰 다루는 기술이 서툴러
하나씩 배워야겠다.
어느날 대학생들의 도움을 받는다.
배우고 돌아서면 잊어버리고
또 배우고 잊어버렸다

그날은 핸드폰이 손에서 자유롭게 움직인다.
사랑하는 님이여 조금만 기다려요.
서너시간이 지나서 보냈다.
그리고 잊어버렸다.
내 나이는 91살이다.

-잊어버렸다

카페 문 열기

천태만상

천태만상 1

아침마다 카페 문을 열지 못하는 남자,
카페 문을 붙잡고 사정한다. 들어가게 해 달라고 애원한다.
문을 열어주기 위해 달려갈까 생각하며, 문을 열고 잘 먹는
것 주세요.
아무 말 없이 얼죽가 한 잔 들고 기분 좋게 문을 나선다.
돌아서 나아갈 때는 문을 찾아 잘도 나아간다.

-문을 찾지 못하는 남자

천태만상 2

오늘의 커피는 무엇인가요?

오늘의 커피는 고소하며 산미가 적은 안티구아 입니다.

산미가 있는 중남미 커피로 한 잔 부탁드립니다.

중남미 커피는 산미가 작다.

안티구아는 과테말라에서 생산되는 커피이다.

말해야 하나?

-주의집중 결어된 당신

천태만상 3

'커피는 핸드드립이야 게이사 한 잔 주세요'.

'너희는 맛없는 커피 혀'

카드를 주며 멋있게 결제한다.

그러나 언제부터 속쓰림에 맛있는 커피를 마시지 못한다.

이제는 카페인 덜한 디카페인 커피 주세요 한다.

커피가 문제일까?

체질이 문제일까? 여하튼 빨리 치유되길 소원해 본다.

-역시 커피는 드립이야

천태만상 4

커피숍이 싸움 장소가 되다.

소란스런 소리 들이 공기를 사로잡는다.

흰 백발의 노신사가 자신의 의견을 어필하려고 목청을 높인다. 자신이 소리가 잘 들리지 않으니 상대방도 듣지 못한다고 배려한다. 그러나 배려가 오히려 소음이 되어 눈살을 찌 뿌리게 한다.

-문학의 대부

천태만상 5

카페 의자에 앉기만 하면
의자의 힘이 있는지
자신들 삶을 자랑한다.

어느 것이
참인지
거짓인지
배짱이 두툼해진다.

시간이 지나면 알 수 있을 터인데
오늘도 자신감에 충만
열심히 풍선 속에 자신을 실어 보냈다.

-자존감 충만

천태만상 6

늘 상 구석을 좋아하는 사람이 있다.
문을 열고 들어오면서 자신이 앉아 있을 곳을 찾는다.
그것도 맨 구석 사람들의 이목이 두려워서 일까?
항상 앉자던 곳을 고집한다.
아아를 시켜놓고 그냥 멍때리며 하루를 마감한다.

-멍때리기

천태만상 7

하루는 손님 여러 명이 우르르 들어왔다.

먼저 들어온 사람이 아아를 시키고는 화장실을 갔다.

남은 일행이 열심히 메뉴판을 읽어본 뒤 주문은 하지 않고

우르르 나아간다. 뭐지 담배 피고들어 오겠지?

아무도 오지 않고 화장실 열쇠만 제자리에 놓여 졌다.

이 상황이 뭐지 헐~~~

-얄미운 당신

천태만상 8

아침마다 바닐라 아이스를 찾는 미모의 아가씨 언제나처럼 들어왔다. '저 먹는 것으로 주세요.' 하며 자리에 앉는다. 비슷한 시간에 들어온 손님 '같은 것으로 주세요.' 서로 모르는 사람인데 주문을 왜 이렇게 할까 주문하신 음료 나왔습니다. 한 명은 고맙습니다. 인사하고 한 명은 '어, 내가 이것 시켰나요?' 한다.
어찌해야 할까?

-바닐라 라떼

천태만상 9

인생이 무엇인가?

삶이란 무엇인가?

지금 잘 살아가고 있는가?

무수한 질문과 답들이 오고 간다. 속 시원한 답을 얻지 못하고 난장을 펼친다. 그렇게 소득 없는 대화 끝 시원한 얼음 한 조각으로 달래고, 옆 사람은 얼음을 씹어 먹으며 답을 얻는 것 같다.

-철학의 장

천태만상 10

'안 하셔도 됩니다.' '그러나 들어보세요.'라고 하며 고객에게 열심히 자신이 알고 있는 모든 것을 동원 보따리를 풀어본다. 이네 흥미를 잊은 고객에게 안성맞춤이라며 다른 것을 추천해 보기도 하며 긴 시간 이야기한다. 그러나 별 효과 없는 하루 뜨거운 커피로 화를 삭인다.

-영업의 천재

천태만상 11

여러 명이 우르륵 '무엇을 뭐을까?' '난 얼죽가' '그럼 나도 같은 걸로' 이구동성 주문한다. 주문받고 음료 제작에 들어갔다. 좀 있다 손님이 조심스레 '주문 바꾸어도 되나요.' '저는 아프로 주세요.' 주문을 보고있던 손님 '그럼 나도 같은 것으로 주세요.' 음료는 이미 만들어졌는데 어찌하지, 난 오늘도 커피로 배를 채워야 할 것 같다. 누구땜시...

-주 때 없는 사람

천태만상 12

핸드폰을 보면서 주문하고
앉자 서도 핸드폰 보고
핸드폰과 이야기하고
핸드폰이 손을 떠나지 않고
눈 또한 덩달아 떠나지 못하는
중독자 심심치 않게 많다.

-손전화 매니아

천태만상 13

누군가 문을 열고 들어왔다.

사람이 보이지 않는다.

구석진 곳에 고개를 숙이고 무엇을 하는지 미동도 하지 않는다.

10분, 20분 지나도 주문은 하지 않고 핸드폰과 대화 중이다. 25분 경과 후 드디어 동료가 들어왔다. 반가운 인사도 없이 서로 눈인사 후 자리를 잡는다. 언제 주문할까? 기다리고 기다린다.

-망부석

천태만상 14

'난 배불러 내 것 시키지 말고 너희들만 먹어' 다들 메뉴를 시키고 음료가 나왔다. '야 너희들 먹는 것 보니 나도 먹고 싶다.' '아저씨 컵 하나 주세요.' 지인 커피를 반 잔 따라 마시며 '배불러도 들어가네 히히' 이야기꽃이 영글어간다.

-배부른 이

천태만상 15

메뉴판을 마치 공부하듯 읽고, 읽고 읽는다. 한 참 후 제일 가격이 저렴한 차 한 잔 시키면서 왈 '여기는 왜 이렇게 가격이 비싸지 혼자 말로 중얼거린다.' 그 뒤통수에 대고 모기만 한 소리로 이 동네에서 여기가 제일 가격이 저렴한 곳입니다. 여름이 지나가면서 모기들이 극성이다.

-너무 비싸요

천태만상 16

이른 아침 카페 문이 열릴 때면 기다렸다는 듯 들어오는 3인방 남자 한분 여성 두 분은 아침 시작하기 전 커피를 마셔야 한다는 신조가 있는 듯 오늘도 어김없이 카페를 찾았다. 오늘은 내가 살게 이야기하지 않아도 일찍 들어온 사람이 눈치를 보지 않고 카드를 주신다. 아주 자연스레 아아 두 잔 바닐라 라떼 한잔을 들고 기분 좋게 문을 나선다. '좋은 하루 되세요.' 인사가 나를 하루종일 기분 좋게 한다.

-참새 방앗간

천태만상 17

자리에 앉자 마다 사장님 오늘 커피는 내가 사는 것입니다. 또 다른 손님이 늦게 들어온다. 어이 오늘은 내사 사는 거야 맛있게 드셔. 조금 있다 다른 지인이 들어온다. 이봐 오늘 커피는 내가 사는 거야. 문이 열리고 사람이 들어올 때마다 내가 커피 사는 거야 한다. 그렇게 여섯 명의 손님이 자리에 앉자. 꼭 그렇게 이야기 해야되나 싶다.

-오늘은 내가 살게

천태만상 18

문이 조용히 열린다. 낮은 목소리로 '아아 2잔 주세요.' 하며 수줍게 카드를 준다. '손님 아아 맞으시죠.' 손님은 다른 사람을 의식하듯 조용하게 '네 주세요' 한다. 음료 나왔습니다. 조용히 음료를 받고는 스윽 사라져버렸다. 한 여름 밤에 냥랑 특집극을 보는듯하다. 지금 무슨 일이 있었나 한다.

-그림자

천태만상 19

엄마와 아들이 문을 열면서 커피 주세요. 우물에서 숭늉 차 듯 외친다. 엄마는 메뉴판을 모두 읽어본다. 무엇을 먹을지 정하지 않았다. 아들이 다시 외친다. '엄마 아아 드세요.' 엄마가 아들 얼굴을 바라보고는 '그냥 그것 주세요.' 하신 다. 엄마는 마실 것조차도 드시지 못한다. 엄마는 그렇게 해도 되는 줄 알았습니다.라는 글이 생각이 난다.

-엄마와 아들

천태만상 20

아침 일찍 열정 시인이 자리 잡는다. 자신의 시를 읊조리며, 다른 사람의 글을 한 편 한편 암송하시더니 볼 팬 하나에 낡은 종이 한 장에 한참 고민하는가 싶더니 멋진 시를 남긴다.

-열정 작가

천태만상 21

커피에서 절제된 산미를 노래하며
과일에 맛을 찾아 시를 노래하며
애프터에서 느껴지는 고소함 말을 절제한다.

삶을 이야기하고
향기를 노래하고
인생을 남기고
일어선 자리에 흔적이 남았다.

-백발에 시인

천태만상 22

찬란한 영광을 간직한 커피의 나라 에티오피아

염소를 키우던 목동이 발견한 열매가 커피의 시작이라

커피를 좋아하는 사람들은 한 번 즈음 들어본 일

목동이 그곳에 살고 있었고

커피를 처음 마신 곳은 그곳이라네

홀로 괴변인지 진실인지 곡을 실어 자유롭게 노래한다.

-음악가의 괴변

천태만상 23

노인은 삶은 지혜를
젊은이는 폐기를
청소년은 즐거움을
서로 나누고 섬김을 다하길...

-아동문학가의 동심 풍덩

천태만상 24

문학인들이 우르르 떼를 지어 들어온다. 반갑다고 서로 인사하고 악수하며 떠들썩하니 모처럼 카페 안이 문향으로 가득 차다. 오고 가는 대화가 시요 수필이다. 인생의 책 한 보따리가 열려져 그 내용이 방대하여 그릇이 작아 다 담지 못했다.

-문향이 가득

천태만상 25

귀하고
귀하다
내 할 말
예수님이 말씀하시니
물이 변하여 포도주가
새롭게 새롭게 변화시켜 주소서

-예배하는 사람들

천태만상 26

어린 천사들의 등장 작지만, 정성이 담긴 선물을 전하자 눈치를 본다. 감사하다고 해야지 눈치를 본다. 받아야 할지 말아야 할지 엄마와 눈을 맞추고 아빠와도 눈을 마주친다. 아이는 기뻐할지 말아야 할지 고민 고민...

-눈치를 보는 아이

천태만상 27

신 사장 현금이 좋지요? 선득 현금 내밀며 '뜨아 한 잔' 그리고 '아아 한 잔'을 시킨다. '아마 나 같은 사람은 없을 걸 오늘 커피를 내가 사는 거야. 그것도 현금으로'

-현금이 좋지

천태만상 28

오늘 조용한 카페가 시골 장터가 되었다. 노익장을 과시하듯 5명의 남녀가 들어와서 커피 4잔에 빈 잔 하나를 주문한다. 옛 기억을 더듬으면서 웃고 떠든다. 같은 동네에서 자라서 결혼까지 하고 신랑이 다른 동네 여자를 좋아했다. 커피 한잔에 설탕이 5개 설탕을 더 주세요 반은 커피에 반은 주머니 속으로 들어간다. 반갑다 고맙다 친구야

-불알친구들

천태만상 29

추석 명절 밑에 시골 불알친구들이 우르륵 들어와서 자리
잡는다. 장손으로부터 시작된 앞집 뒷집 대부 족보가 사라
졌다.
사촌 당숙 육촌 향렬 촌수 따지면 뭐 혈 이웃사촌이 좋지

-이웃사촌

천태만상 30

현대를 살아가는 이 삭막한 이 세상에
좋은 얘기가 오고 가는 자리에
나이 많은 어르신의 지혜도 배우고
옛날이야기도 듣는 카페가 좋다.

-어른은 어른이다

천태만상 31

균형을 잃으면
넘어진다.
넘어지며,
아프다 한다.

무슨 사연이 있기에 아제 개그를 할까

-아제 개그

천태만상 32

라떼 주세요.

아니 단맛에 바닐라 주세요

'네 알았습니다.'

아메리카노 주세요.

아니 그냥 라떼 주세요.

시원한 것 맞나요?

넵

따뜻한 것 주세요.

아이참 무엇을 주문한 거야!

-헷갈리는 손님

천태만상 33

자리에 앉자마자 뭐 먹을까? 아이 좀 기다려봐,
생강차 먹자. 생강차 주세요. 아니 사장님 이따가 시킬께
요.
이제나저제나 시간이 지난 후 대화의 주제가 없어질 때, 그
제서야 차 주세요. 생강차로.., 입에서 나오는 거친 말들 미
소로 이야기하는 동료.

-미소로

천태만상 34

목소리가 크다. 카페를 전세를 내었는지 공기조차도 조용
히 이야기를 듣는다. 친구의 죽음에 꽃들에다 사람이 가득
하다.

-목소리 크다

천태만상 35

아침 일찍이어서일까? 손님도 없고 바깥은 시원한 바람이 불고 더 없이 좋은 아침, 손님이 오시면 더없이 좋은 아침이 될 것이다.

-멍때리기

천태만상 36

주말에는 손님이 없다 길거리도 한산하다 정말 한가하고
여유로운 날이다. 더욱이 6시에 문을 닫는다고 통지까지
하는 졸업원 뒤통수에 불이난다. 휴일의 풍경은 이렇구나
하는 생각으로 위안을 삼아본다.

-여유로운 날

천태만상 37

개인적으로는 조용하고 시원해서 좋다

사람들은 다 각자의 생각이 있다. 그리고 꿈보다 해몽이 좋다는 것도 다시 한번 생각을 해본다. 생각대로 일이 진행이된다. 꿈같은 일이다. 요즈음 주위에 일이 술술 잘 풀린다고 하는 사람들과 덩달아 일들이 잘 풀린다.

-잘 풀리는 날

천태만상 38

사업을 하다 보면 사람들은 해야 할 것과 하지 말아야 할 것이다. 사건 사고가 생기는 거겠지만, 아슬아슬한 경계에 서 있는 사람들을 보면서 가슴이 아파온다. 왜

-경계에 서있는

천태만상 39

비 오는 날 커피숍 창으로 보이는 실내 풍경이 참으로 운치가 있어 아름답다.
커피 한잔하고 싶은 마음은 생각 속에 가두어 놓고 풍경을 즐기고 있다. 여유로운 시간과 사람들의 쉼터, 그러나 주인장은 속이 터져 빗속에 씻어낸다.

-주인장

천태만상 40

태풍 소식도 있고, 비가 많이 온다는 예보도 있었고 우리들의 만남은 하늘이 도와준 덕에 출발 때도 비가 오지 않았다. 찻집에서 따듯한 커피를 마시면서 오고 가는 정 이야기는 짙어만 간다.

-여행

천태만상 41

그냥 써보자
아무렇게나 쓰자
계속해서 쓰자
매일 그렇게 쓰자
말하듯 쓰자
충분히 듣고 남기자
그런데 왜 왜
안될까?

-써보자

천태만상 42

책을 읽을수록 불안감이 점점
자신감이 바닥을 친다
더 넓은 세상을 향해하기 위한 준비
책 책 책 읽어봅시다.

-읽어봅시다

천태만상 43

커피숍에 내 손때를 묻혀야겠다.
이 가게에 내 에너지를 넣어야겠다.
그러나 내 할 일은 청소를 해야 한다.

-내 할 일

천태만상 44

매일 딱 한 줄만 읽자.
매일 책 제목만이라도 읽자
매일 책에 내 지문을 찍자
그렇게 시작된 책과의 여행
언제나 끝날 수 있을까

-책과의 여행

천태만상 45

아메리카노 삼천 원이면 비싸게 느껴지고
아침 일찍 문을 여는 동네 커피숍
맑은 공기와 함께 커피 한 잔을 시켜놓고
내 인생의 뒤를 보며 앞을 본다
내 인생의 발전하는 모습이 보이지 않는다
따듯한 커피 한 잔이 나를 위로한다.

-위로해 줄 사람

천태만상 46

커피숍 의자 밑 잡초가 자란다
오고 가는 사람들마다 잡초를 보고 그냥 지나친다
하루 이틀이 지나도 관심 밖이다
어느날 아침 노란 꽃망울이 펴다
사람들마다 관심이 폭팔 곰 사라질 것 같다
취객의 발에 뭉게진 꽃송이 다시금 사람들 관심에서 멀어
져 간다.

-관심받기

천태만상 47

나의 습관은
책을 읽을 때 목차부터 읽는다
마음에 감동에 되는 목차의 글을 찾아 읽는다
그리고 공부에 유용한 글을 찾아 읽으면 책 한 권이 다 읽
어진다 커피도 에스프레소를 알면 다 알 수 있다.

-다 알 수 있다

천태만상 48

어느 책에서 본 글이 가슴에 남아있다
나만의 일을 찾고
내가 하고 싶은 일을 하고
내가 가장 잘하는 일을 하면 오래간다 한다.

-나만의 일

천태만상 49

하루도 책을 읽지 않으면 눈에 가시가 생긴다 한다.
책을 가까이하면 책을 더 알고 싶어진다
하루도 책을 읽지 않으면 불안하다 하는데
몇칠동안 책을 읽지 않는 나는뭐까?

-나는 뭘까

천태만상 50

메뉴판 앞에서 떠나지 못한다
동료들은 자리에 앉아 깊은 대화에 열중하는데
왜 고민을 할까
왜 그리 오랜 시간 메뉴판만 보고 있을까
메뉴판에는 아메리카노 커피만 있다.

-오랜 시간

삶이 커피처럼

커피 기초석 놓기

커피 기초석 놓기 1

커피는 에디오피아에서 시작되었다.
에디오피아 커피는 여왕이라 부리는 예가체프, 독특한 단
맛과 신맛 있으며 과일의 신맛 와인 맛으로 비유 상큼함 있
으나 바디감은 떨어졌고 초콜릿의 달콤함이 좋아 여왕이라
불리만 하다.

-에디오피아 예가체프

커핑 노트 : 프루티 / 오렌지 / 맥아 / 아몬드 / 볶은 땅콩

커피 기초석 놓기 2

케냐의 커피는 과일의 단맛과 쌉쌀한 맛이 특징이며 덜 익은 자몽의 새콤함이 매력적인 커피이다. 커피를 숙성할수록 맛있는 커피로 경험상 최소 7일 숙성되면 맛이 풍부해진다.
단맛과 산미를 좋아하시는 분에게 추천해 드리고 싶은 커피이다.

-케냐 AA
커핑 노트 : 자몽/포도/아몬드/군밤/브라운 슈가/감초사탕

커피 기초석 놓기 3

커피의 신사로 부릴 만큼 바디감이 무겁다.

영국인들이 커피를 탄자니아에 보급했고 자국민들이 즐겨 먹었다고 한다. 특히나 영국 황실에서 즐겨 마셨으며 산미가 있고 묵직함과 향이 풍부하고 달콤하고 부드러운 목 넘김이 좋다. 케냐 커피와 구분하기 힘들 정도로 산미가 비슷하다.

-탄자니아 킬리만자로

커핑 노트 : 청귤/ 볶은땅콩/ 감초

커피 기초석 놓기 4

신맛과 단맛 그리고 쓴맛이 조화롭게 어울려져 밸런스가 좋다. 향미가 풍부하고 바디감이 묵직한 편이어서 마니아층이 두텁다.
진한 스모키향 부드러운 단맛, 우아하고 뛰어난 감칠맛과 산미가 적고 고소한 맛을 볼 수 있다. 흙 향과 낯선 향이 나기 때문에 호불호가 갈릴 수가 있겠다는 생각이 있다.

-과테말라 안티구아
커핑 노트 : 만다린/피칸/초콜릿

커피 기초석 놓기 5

부드러운 신맛, 쓴맛, 진한 초콜릿 향, 단맛이 주된 특징입니다. 바디감은 묵직한 쓴맛보다는 신맛이 더욱 강하게 나며 다른 커피와 비교했을 때 달콤한 맛은 다소 적게 느껴지는 편입니다.

습식 가공법이기 때문에 목 넘김이 부드러우며 고소한 향미가 매력적입니다. 마시고 난 뒤 입안의 잔향까지 부드럽습니다.

수프리모는 원두가 매우 뛰어나기 때문에 어떻게 드셔도 훌륭하지만 풍부한 향, 균형 잡힌 맛을 제대로 음미해보시려면 핸드드립으로 드시는 것을 권장합니다.

-콜롬비아 수프리모 만델린

커핑 노트 : 오렌지/ 아모드/초콜릿/시럽

커피 기초석 놓기 6

브라질 커피는 산미가 약한 편이기 때문에 산미 있는 맛이
느껴지는 에티오피아, 케냐에 비하여 고소한 맛이 더욱 강
합니다.
그렇기에 산미 있는 커피를 좋아하시는 분들이 선호하기보
다는 고소한 맛을 좋아하시는 분들이 더 선호할 것 같아요.

커피의 귀족으로 부리며 균형 있는 산미 고소한 맛 깔끔하
고 견과류 맛이 단맛 신맛 쓴맛 조화를 이룬 맛이 복잡하지
않는 특징을 가지고 있다.

-브라질 세하도

커핑 노트 : 시틀러스/땅콩/마카디아/콘

커피 기초석 놓기 7

베트남 커피의 다소 강한 맛은 '로부스타(Robusta)' 커피
에서 처음 시작되었습니다
베트남은 브라질 다음으로 전 세계에서 두 번째로 원두 대
생산국입니다.
다람쥐 커피로 알려져 있는 은은한 헤즐넛 향이 좋은걸로
유명합니다. 디저트와도 너무 잘 어울리는 커피 추천할 수
있다.

-베트남 콘삭커피

커피 기초석 놓기 8

세계 3대 루왁 커피 중에서 족제비와 관련된 위즐 커피는 달달 하면서 고소한 향을 가진 커피입니다.설탕이 들어있는 커피가 아님에도 불구하고 단맛이 나는 커피이며 향이 좋아 많은 사람이 즐기는 커피 중 하나입니다.

-베트남 위즐커피

커피 기초석 놓기 9

시벳 커피는 루왁 커피로 잘 알려져 있는 고양이 커피입니다.고가의 커피인 루왁 커피는 사향고양이가 배출한 커피씨앗으로 만들어진다고 합니다.고급 커피답게 가격은 타커피들에 비해 많이 비싼 편입니다.

-베트남 시벳 커피

커피 기초석 놓기 10

풍부한 바디감과 달콤하며 쌉싸름한 맛이 잘 느껴지는 만델링은 콜롬비아 수프레모와 비교했을 땐 조금 더 거친 느낌이 있습니다.
입에 머금고 있엇을 때는 밀도 깊은 묵직한 느낌이 들며 목넘김과 더불어 은은한 산미가 느껴지게 되는데요.
그 산미가 금방 사라지고 달달한 초콜릿향이 느껴지게 됩니다.
커피의 왕으로 불리며 묵직한 바디감, 초콜릿 같은 풍미 밀크 초코의 부드러움과 흙내음 스파시한 향기 고소하고 달콤함 특징입니다.

-인도네시아 만델링-

커피 기초석 놓기 11

과일 풍미의 밝은 산미
은은하면서도 달콤한 긴 여운
깔끔하고 훌륭한 밸런스

-파나마 게이샤
커핑 노트 : 화이트 와인 / 구운 사과 / 아몬드 / 감귤류

커피 기초석 놓기 12

신맛, 단맛 그리고 상쾌하고 산뜻함이 느껴질 뿐만 아니라
밸런스가 좋은 맛, 향미를 가지고 있는 커피입니다

코나 커피는 부드러우면서도 달콤한 향이 특징인데
코나 지역의 화산 토양과 맑은 날씨,
적당한 비가 합작으로 이루어 낸
최고의 작품

-하와이 코나

커피 기초석 놓기 13

파나마 게이샤는'신의 눈물'이라고 칭송받고 있습니다
미국 인텔리젠시아 커피의 제프 와츠는"커피잔으로부터
빛이 쏟아지는 것 같았다."라고 표현했고,
그린마운틴 커피의 돈 홀리는"커피잔 안에서 신의 얼굴을
보았다."라고 표현
고소하면서도 중후하고 달콤한 후미

-파나마 게이사

커피 기초석 놓기 14

고소한 원두 특징을 알아 보기 앞서 신맛 나는 커피를 피하는 방법에 대하여 소개해 드리려고 합니다
가장 대표적인 방법으로 알려져 있는 방법은 '원산지'로 확인하는 방법입니다

'에티오피아, 케냐'는 대표적으로 산미가 느껴지는 원두들이며 중남미 원두인 '브라질, 콜롬비아'는 고소한 것으로 알려져 있습니다.
그러나 요즘 들어서는 원산지만 보고서는 산미 강도를 판단해내는 것이 조금 어려워졌는데요.

농부들이 다양한 품종들을 생산하고 가공하고 있기 때문에 새로운 가공 방식이 계속해서 나오기 때문입니다.
이전 원두가 가지고 있는 향미보다 더욱 더 풍부하고 다양한 맛을 담으려고 노력하고 있습니다
그렇기 때문에 중남미 원두의 경우 과일 맛과 흡사한 산미가 느껴집니다.
그래도 다른 원산지에 비하여는 산미가 낮은 편입니다.

커피 기초석 놓기 15

빈세트 고흐가 사랑한 예멘 모카 마타리, 신맛이 적고 복합
적 향미 단맛을 가진 커피 다크 초콜릿 향이 매력적인 커피
입니다.

-예멘 모카

커피 기초석 놓기 16

따라주 사탕수수의 단맛과 견과류의 향미
청사과 산미 청량한 맛 깨끗한 클래식한 커피

-코스타리카

커피 기초석 놓기 17

· 카페 덴 농(Ca Phe Den nong)
   – 핀 드리퍼로 내린 뜨거운 블랙커피.

· 카페 쓰어 농(Ca Phe Sua nong)
   – '쓰어'는 연유라는 뜻. 연유가 깔린 잔 위에 핀 드리퍼를 얹어 준다. 커피가 다 내려진 다음에 조금씩 저으면서 마시면 된다.

· 카페 다(Ca Phe DA)
   – 핀 드리퍼로 내린 차가운 블랙커피.

· 카페 쓰어 다(Ca Phe Sua DA)
   – 연유가 들어간 아이스커피. 주로 바닥에 연유가 깔려 있으므로 조금씩 저어서 마시면 된다. 달달하고 시원해서 인기.

· 카페 쯩(Ca Phe Trung)
   – 일명 에그커피. 달걀노른자에 바닐라 시럽을 넣고 곱게 간 크림을 사용한다. 따뜻하게 데운 커피 잔에 달걀크림을 가득 넣고 그 위에 진한 커피를 부어, 부드러운 크림과 진한 커피의 맛이 어우러지는 독특한 베트남식 커피.

· 코코넛 밀크 커피(Cot Dua Ca Phe)
   – 진한 커피와 코코넛 밀크가 어우러진 베트남에서 핫한 커피 종류 중 하나. 얼린 코코넛 밀크를 곱게 갈아 커피 위에 얹어 주는데 커피보다는 커피 스무디에 가깝다. 얼음을 넣은 커피보다 시원하면서 달콤한 맛이 일품.

–베트남 커피 종류

커피 기초석 놓기 17

북미 : 멕시코, 하와이

중미 : 과테말라, 쿠바

남미 : 에콰도르, 콜롬비아, 볼리비아, 브라질, 페루

아프리카 : 우간다, 케냐, 예멘, 에티오피아, 코트디브아르

오세아니아 : 파푸아 뉴기니

아시아 : 베트남, 인도네시아, 인도, 필리핀

-커피 대표적 생산국

무엇이든
담을 수 있는 그릇

넌 무엇에 쓰는 물건인고

넌 무엇에 쓰는 물건인고 1

모자도 아닌 것이
꼬깔도 아닌 것이
구멍이 숭숭난 것

(칼리타 드리퍼)

넌 무엇에 쓰는 물건인고 2

얼굴은 통통하게 생긴 것이
코가 길게 생기서
피노키오를 닮았구나

(드립포트)

넌 무엇에 쓰는 물건인고 3

입은 크고
몸은 작고
무엇이든 담을 수 있는 그릇

(드립서버)

넌 무엇에 쓰는 물건인고 4

종이로 만들어져

고깔같이 생겨군

물에 담가도 모양을 잊지 않는 너

(드립여과지)

넌 무엇에 쓰는 물건인고 5

입은 크고

키가 작고

큰 귀를 갖고 있구나

(드립서버)

넌 무엇에 쓰는 물건인고 6

커다란 몸짓
여러개의 눈
두 개의 콧구멍
귀에서 수증기가 넘쳐나는 놈

(전기포트)

넌 무엇에 쓰는 물건인고 7

요란한 방앗간
기름을 만드나
속이 검어
검은 것 토해내는 것

(그라인더)

넌 무엇에 쓰는 물건인고 8

국자같이 생긴 것이
구멍이 있어 줄줄줄
찌꺼기를 먹고
국물만 양보하는 욕심쟁이

(융드리퍼)

넌 무엇에 쓰는 물건인고 9

키가 작고

입이 크고

코도 크다

아직도 자라나길 원해 우유를 찾는다

(프렌치프레스)

넌 무엇에 쓰는 물건인고 10

외국 유학을 다녀옴
너무 열심히 해서 속이 다 타버림
씁 사래한 인생을 이야기하는 작은 씨앗

(원두)

넌 무엇에 쓰는 물건인고 11

항상 더러운 것을 먹는다
끝마무리를 책임진다.
너가 있어 깨끗하다

(넉박스)

넌 무엇에 쓰는 물건인고 12

손잡이가 예쁘고 무겁다
도장처럼 생겨다
매일 힘겨 얻어 맞는 너 불쌍하다.

(탬버)

넌 무엇에 쓰는 물건인고 13

날마다 화가 나 있다
커다란 몸에 가녀린 다리
자신을 못 알아보아 화가 난다

(커피머신)

넌 무엇에 쓰는 물건인고 14

끓는 물이 아래에서 위로 반 중력적으로 올라오면서 위쪽
분쇄 원두와 섞이면서 다시 매우 성긴 필터를 통해서 내려
가는 추출 방식으로 향미 성분이 거의 걸러지지 않는다
넌 누구냐?

(사이폰커피)

넌 무엇에 쓰는 물건인고 15

원기둥 모양으로 컵과 뚜껑 그리고 필터를 갖고 있으며 커피원두를 뜨거운 물에 담가서 우려내는 방식의 도구이다.추출시간이 길기 때문에 묵직한 바디감과 풍부한 맛이 특징이다. 이 머신은 1930년대 프랑스에서 개발되었다. 주사기와 유사하게 피스톤 구조로 분쇄된 커피를 밀어낸다.

(프렌치 프레스)

넌 무엇에 쓰는 물건인고 16

참 야박하다.
물 한 잔에 한 모금에 물
진한 쓴맛이 일품인 너

(에소프레소)

넌 무엇에 쓰는 물건인고 17

커피는 조금 물은 많이
커피일까?
물일까?

(아메니카노)

넌 무엇에 쓰는 물건인고 18

대만에서 만들어진 드리퍼로 우리나라에서 커피보다 차를
우리는데 많이 사용한다. 추출방식은 침지 방식이며 미분
이 추출되지 않아 향미를 맑고 깨끗하게 즐길 수 있다.

(클레버 드리퍼)

넌 무엇에 쓰는 물건인고 19

드리퍼와 서버가 일체형이다. 1941년 독일 화학자가 발명했습니다. 드리퍼에 있는 리브가 없고 필터가 드리퍼에 밀착되어 물빠짐이 느려지고 반투과 반침지형태로 추출됩니다. 푸어오버 방식의 적합한 도구.

(케멕스)

넌 무엇에 쓰는 물건인고 20

차가운 물에 12시간 정도 우려낸 후 커피 미분을 걸러내고 얼음과 함께 먹을 수 있는 도구로 침출식 방식으로는 콜드 브루라고 하고 투과식은 방식을 더치커피라고 한다.의미는 같고 방식만 다르다.

(워터드립)

커피,
목구녕을 타고

카페 먹거리

카페 먹거리 1

야박하다.
조그만 컵에 담긴 진득한 것
고소한 향이 짙게
검은 액체 이게 뭐지?

인생이 짧게 녹아져
크레마의 포근함
참을 수 없는 고통이 목구멍을 타고 넘어 간다.
식기 전 빨리 한 모금 털어 넣어야 제맛을 느낄 수 있다.

-에소프레소

카페 먹거리 2

먼저 잔에 뜨거운 물을 붓고,
에스프레소를 추출하고
그리고 뜨거운 물에 넣는다.

머그잔에 적당량의 물을 붓고
잔 안에 살살 돌리면서 에스프레소를 부어주면
진한크레마가 살짝 떠서 더 맛있어지기도 한다.

뜨거운 물이 맛을 부드럽게 만들어 주며
커피 본연의 강점이 강조되기도 하고
쓴맛이 줄어들어 많은 사람이 무난하게 즐길 수 있게 된다.

나도 뜨거운 사람을 만나
나의 강점을 개발하여서
쓴 삶의 길을 무난하게 즐길 수 있었으며 한다.

Tip
이탈리아어로 '미국인'을 뜻하는 아메리카노(Americano)는 높은 열과
압력으로 추출한 에스프레소에 뜨거운 물을 더해 에스프레소보다 연하게
먹는 커피를 말한다.

-아메리카노(아뜨)

카페 먹거리 3

쓴맛이 싫은 사람
리스트레토에 물을 부어
아메리카노를 만들면 부드럽게 즐길 수 있고,
진하게 마시고 싶은 사람은 룽고보다는 도피오를 베이스로
하여 아메리카노를 만들면 된다.

아이스 아메리카노는 가끔 잔에 '얼음이 먼저다', '물이 먼저다' 의견이 분분하지만 뜨거운 에스프레소에 얼음이 녹을 수 있기 때문에 시원한 얼음물 컵에 에스프레소를 넣는 것을 권한다. 아무리 바빠도 아이스아메리카노는 꼭 흔들어서 마셔야 한다.

Tip
리스트레토는 이탈리아어로 '농축하다', '짧다'라는 뜻으로 소량의 에스프레소를 단시간에 추출한 커피이다.

-아이스 아메리카노(얼죽아)

카페 먹거리 4

에스프레소 위에 올리는 하얀 우유 거품
프란체스코의 카푸친 수도사들이 쓰고 다니는 모자와 닮았
다고 해서 '카푸치노'라고 부르게 되었다.

기호에 맞게 시나몬 파우더나 초코 가루를 뿌리기도 한다.
카푸치노는 빨대나 스틱보다는 바로 잔에 입을 대고 마셔
야 그 진하고 부드러움을 입안 가득 느낄 수 있다.

에스프레소 위에 하얀 우유 거품을 올린 커피로, 부드러우면서도 진한 맛
을 즐기고 싶을 때 빠지지 않는 메뉴이다. 커피 위에 올리는 흰 거품이 프
란체스코의 카푸친 수도사들이 쓰고 다니는 모자와 닮았다고 해서 '카푸
치노'라고 부른다.

-카푸치노

카페 먹거리 5

우유로 인해 커피의 맛이 연해지기 때문에 에스프레소 더블로 만들기도 한다.

라떼는 '우유'라는 뜻으로, 커피 메뉴에서는 에스프레소 기본에 우유와 우유 거품을 넣은 커피를 말한다. 여기에 소스나 시럽을 첨가하여 다양한 음료를 만들 수 있다. 또한 라떼 아트가 가능하여 맛뿐만 아니라 눈으로도 즐길 수 있는 것이 라떼 메뉴다.

Tip

우유를 이용한 대표적인 커피로, 라테는 이탈리아어로 '우유'를 뜻한다. 우유를 따뜻하게 데워서 에스프레소와 우유의 비율을 1:4 정도로 섞어 마신다.

-카페 라떼

카페 먹거리 6

이 커피는 오스트리아 수도 빈(독일어로 하면 wien, 영어로 부르는 이름은Vienna)의 이름에서 유래되었으며 비엔나커피는 300년이 넘는 세월의 역사를 지니고 있습니다. 커피 위에 풍성한 거품 크림이 올라간 커피로 마부들이 마신 커피라고 아인슈패너라고 불립니다.

Tip

아메리카노 위에 하얀 휘핑크림을 듬뿍 얹은 커피를 말한다. 차가운 생크림의 부드러움과 뜨거운 커피의 쌉싸래함, 시간이 지날수록 차츰 진해지는 단맛이 한데 어우러져 한잔의 커피에서 세 가지 이상의 맛을 즐길 수 있다.

-비엔나 커피

카페 먹거리 7

이탈리아어에 해당되며 부드러운 바닐라 아이스크림 위에 진한 에스프레소를 얹어서 만드는 이탈리아 후식에 해당됩니다. 빠지다. 익사하다 라는 뜻을 담고 있다

이탈리아의 대표적인 디저트로, 진하게 추출한 에스프레소에 아이스크림을 올리거나 아이스크림 위에 에스프레소를 끼얹어 만드는 커피 메뉴이다.

-아포가토(마끼아또)

카페 먹거리 8

진한 에스 프레소의 쌉싸름한 맛과 고소함 끝에 맴도는 크리미한 생크림 맛이 특징이다.

Tip

에스프레소 위에 크림을 올린 커피이다. 진한 에스프레소가 달콤한 크림과 만나 에스프레소보다 마시기 편하다. 단맛은 좋아하지만 초콜릿이나 캐러멜 시럽의 맛과 향이 부담스러운 분들에게 추천한다. 특히 추운 겨울에 잘 어울리는 메뉴이다.

-에소프레소 콘파냐

카페 먹거리 9

디카페인 커피는 말 그대로 카페인을 줄인 커피이다. 커피에서 카페인을 최대한 없애면서 커피의 향과 맛을 유지하려는 시도에서 비롯되었다.

Tip
카페인을 제거하는 방법에는 여러 가지가 있다. 물을 이용한 방법, 용매를 이용한 방법, 초임계 이산화탄소 추출법 등이다.

-디카페인 커피